봄날에 연애

J.H CLASSIC 073

봄날에 연애

양선희 시집

지혜

시인의 말

냄새 맡고
맛보고
들을 때
힘 생긴다.

핥고
깨물고
맛보면
사나운 꿈 고요해진다.

고요하고
놀랍다.

2021년 봄날에
양선희

차례

1부

2부

3부

1부

노래를 가진 나무

목공소에서 그 원목으로 책상을 짜 왔다

옹이에서 더 격렬하게 만져지는 음률을 타고 앉아
몸에 시간을 음악적으로 각인하는 법을
구하다

해변에서

조약돌
주머니마다 채우고
모자에도 담았다

모난 데 하나 없는
초록색, 갈색, 흰색
조약돌

소주병, 맥주병, 양주병
유흥, 자학, 가해의 시간들

흠 하나 없이 성형하는
바다

히말라야를 찾아

신들의 산책로에 들었다.
설산 녹은 물 천둥소리를 내며 흘렀다.
무거운 얘기 통쾌하게 씻겨나갔다.

사소한 잡생각에도
풀들이 쐐기처럼 나를 쏘아댔다.
돌부리 나무뿌리 나를 넘어뜨렸다.

숨을 내쉬고 들이쉬는 일
숨을 제대로 쉬는 법
새롭다.

바람을 이기는 돌
야크가 어슬렁대는 곳에 도착했을 때
꽃이 만발했다.

집집마다
기도가 넘쳐흘렀다.

허리 굽혀 들어간 신들의 거처

한줌의 곡식, 한 자루 양초, 한 송이 꽃
놓여 있다.

히말라야에서

신들이 사는 설산이
올려다 보이는 곳에 앉아
야크 똥을 동글납작 빚는다
바위마다 척척
돌집의 외벽마다 착착
풀만 먹는 야크 똥은 악취가 없구나
바싹 마른 야크 똥으로 불을 지펴
야크 젖을 끓인다
황동 향로를 줄 끝에 매달아 향을 피워 흔들며
경전을 외며 걷던 노인
멈춰서 내게 축원을 읊조린다
야크는 겨울에 목이 마르면 눈을 먹어요
새끼 낳을 때가 되면 고산을 내려가요
야크는 살아서는 털과 젖을 주고
죽어서는 가죽을 주어요
처음으로 야크를 눈앞에서 보며
따끈한 야크 젖을 마시며 야크 똥을 빚는 아침

신들의 산책로에 엉덩이를 숨긴 채
묵은 똥을 눈다

육식을 하는 내 똥
지독한 냄새 풍기고

안개

과테말라 서부 고원지대 토 퀴아 주민들은
몹시 춥고
바람 드세고
비가 오지 않는 겨울에
안개를 수확한다

안개를 아는 이들 촘촘하게 짠 그물을
안개가 다니는 길목마다 치고
안개에 사로잡혔던 기억 나누며
안개를 기다린다

보이는 것, 잡히는 것, 닿는 것 모두 안개
사람들은 일손 놓고
몽환에 든다

헛되다고 믿지 않은 것조차 아름다운 날
주고
받는
지상에서 가장 섬세한 노래

안개는
방울방울 그물에 걸려
큰물 방울 된다

집집이
갓 태어난 아기들

그 안개 광대하다

낯선 길

저승으로 가는 일 힘겨울 때
내려앉아 숨 고르라
군데군데 굳건히 선 돌기둥
매화꽃 한 송이씩 새겨져 있다.

태풍도 어쩌지 못한
꽃 더듬어본다.
깃들고 깃든 태양열
손끝의 꽃송이
안개 같은 열기

갈대숲 내려다보이는 다리에 선다.
오래전 이 길을 지난 이들
수없이 멈췄을 난간 앞에서
뾰족이 새긴 말

난간을 짚고
뒤, 돌아선다.
단풍이 절정인 바위 산
멀리서 나를 보고 있다.

길고 하얀 구름 나라

승화 언니에게 소식이 왔다.

여긴 봄이다.
인숙이 닮은 봄노래
들어봐.

선우정아의 봄처녀 듣는다.
노래 속에서
봄, 처녀인 우리들

깊은 밤
불길한 소식
주지도 받지도 말자는 언니

내가 아프다는 얘기 듣고
어떤 외로움도 아픈 것보다는 괜찮은 건데….
말줄임표에 숨긴 말들

잔디밭에 앉아
지나가는 개나 쓰다듬다가

멍 때리다가
그렇게 살아가는 거지….

아직 피가 끓고 있다면
부디 건강해져서
내게 사랑에 대해 얘기해 주어라.

모든 연락이 끊긴
먼 이국의 밤거리를
어느덧 30여 년 걷고 있는 언니
온몸이 시가 아닐 수 없다.

작은 숨통처럼
네가 왔다.
문득문득 내게 이렇게 와 주어라.

길고 하얀 구름 나라로부터

구름을 넘어

살고 싶은 곳에서
구름이 배달되었다.

구름 강
구름 산
구름 나무
구름 고래
구름 고양이
구름 책

우아한 방법으로 포장을 연다.
구름을 한 개씩 들어낸다.

구름을 잡으러 갔던
순수한 나
걸어 나온다.

가벼워진다. 구름을 넘어.

혁명가

　　— 로자 룩셈부르크

감옥 창틀에 해바라기 씨를 놓아 부른
검정굴뚝새 방울새 나이팅게일 앞에서
노래 부른다, 그는

화장실 창틀에 날아 든
탈진한 공작나비
더듬이 앞에 꽃잎 놓고
사탕 발린 작은 그릇을 놓아
말벌들을 먹이고
푸른 나무 꼭대기와 감방 사이에
길을 만든다, 그는

거대한 심연 우아하게 건너가는
큰 새

가슴이 붉은 딱새에게 고하는 시

　화장을 하고, 머리와 손톱을 손질하고, 검은 마음을 숨기기 좋은 옷을 골라 입고, 문병을 갔다가 스승의 임종을 보았습니다.

　사랑하는 사람의 손바닥에 마지막 시를 쓰고 나서 날아오르는 가슴 붉은 딱새를 보았습니다.

　졸지에 미아가 된 천둥벌거숭이 딱새들이 그를 따라 산으로 갔습니다. 가슴 붉어지도록 그의 길을 바라봤습니다.

　날면서 우아하게 똥 싸는 법, 우레 타고 노는 법을 미처 체득하지 못한 딱새들의 마음이 곤두박질치자 가슴이 붉은 딱새는 잠시 나뭇가지에 내려앉았습니다.

시를 읽는다

시 백편 외우면 삶이 아름다워질 거라는 그의 말을 떠올리며 시를 읽는다. 눈으로 읽고, 소리 내어 읽고, 필사 하며 읽는다. 활활, 쏟아지는 활자의 활기, 활자와 활자 사이의 활기, 행간의 활기

밥상머리에서도 냇가에서도 시를 읽는다. 꼬여서 창백한 삶, 물이 오른다. 화색이 돈다.

시가 되어 있는 나무들, 시가 되어 있는 풀들, 시가 되어 있는 시냇물, 시가 되어 있는 구름들, 시가 되어 있는 바람들

자다 일어나 시를 읽는다.

시가 안 써지는 날

시가 안 써진다, 꿈에는 잘도 쓴 시

똥을 누고, 손을 씻고, 산책을 하고, 고양이랑 놀다 와도

시가 안 써진다, 머리는 텅 비고

우주를 골방 삼아 시를 쓰라는 친구의 충고 새겨 듣고, 산수유 꽃이 피는 것, 노을이 지는 것, 숲에서 해가 들고 바람이 나는 길 눈여겨봐도

시가 안 써진다, 입술은 마르고
시가 안 써진다, 새로 돋는 잎처럼

나를 웃게, 환호하게, 심장을 뜨겁게, 노래를 입에 달고 살도록, 다시 태어나도 시인으로 살고 싶게 만드는

시가 안 써진다, 꿈에서는 전율했던 시

알라딘의 바코드

밥 먹듯이 사 모은 시집, 내다, 팔기로 한다

한 줄 읽고 음미하고, 두 줄 읽고 되새김질 하고, 세 줄 읽고 경배하던 시집, 세심히 닦는다

손 때 탄 놈, 밑줄 그어진 놈, 방점 찍힌 놈, 너덜너덜한 놈, 열외로 뺀다

꽤 팔팔한 놈, 얼굴 반반한 놈, 덩치 값 할 놈, 이름 날린 놈, 바코드를 찍는다

500원, 700원, 1200원, 2400원.
매입불가능. 매입불가능. 매입불가능.

얼, 빠진다
피, 거꾸로 돈다
기, 팍 죽는다

몇날며칠, 한 상자에 스무 권씩 담는다

알라딘

알라딘

알라딘

알라딘

열 오른다, 연기 피어오른다

가리다

덜 여문 말. 속 빈 말.
곰팡이 슨 말.
벌레 먹은 말.
골라낸다.

맛을 못 내는 말.
맛을 버리는 말.
맛을 욕보이는 말.

색을 못 낸 말.
설익은 말.
숯덩이 된 말.
내다버린다.

버린 말이 한 섬이다.

삶과 꿈

방에 새가 들었다. 이 벽에 퍽, 저 벽에 퍽, 머리통을 부딪친다.

화들짝 일어나다 탁자에 무릎을 찧으며
나는 새소리를 내본다.

픽, 픽, 피식, 픽, 픽⋯. 심호흡을 하고 다시 새소리를 내본다.
숨이 차오른다. 소리에 가락이 실린다.

내 가락을 듣고 새의 날갯짓이 조금씩 달라진다. 날아간다. 한
마리, 열 마리, 백 마리, 천 마리, 만 마리⋯. 나도 따라 절룩거리
며 밖으로 날아간다.

채반의 물이 빠지듯 어둠이 뒤따라 방 밖으로 흘러나온다.

천지가 검은 구멍
구멍 숭숭한 내가
어디론가 빨려간다

직박구리

직박구리로 태어나야지
꿀을 빨아먹고
꽃봉오리를 쪼아 먹고
꽃술을 따 먹는

가끔 시인의 방에 날아들어
온몸을 벽에 부딪치며
바깥으로 통하는 길을 찾아야지

가난한 시인이 컴퓨터에 폴더를 만들 때마다
자동으로 생성되는 이름, 직박구리

직박구리 1, 직박구리 2, 직박구리 3, 직박구리 4…….
직박구리를 좋아하는 시인과 살아야지

정원에 나가는 일을 일과에 넣다

날갯죽지를 느끼는 동작을 반복한다.
새를 기다린다.

눈 쌓인 먼 산, 하늘, 구름, 낮달이 가깝게 보인다.
새들의 길 훤히 보려고 창을 닦는다.
고양이가 다니는 길도 빤히 보인다.

새들이 좋아하는 나뭇가지가 다르다.
새들이 나뭇가지에 앉아
과실을 쪼아 먹는 것
깃을 다듬는 것
짝짓기를 하는 것
똥을 싸는 것
엿본다.

새들이 흘리고 간 수다를 모으러 정원으로 나간다.
새들이 좋아하는 꽃 피는 나무를 심어야지.
새들이 좋아하는 열매 맺히는 나무를 심어야지.
새들이 멱 감을 수 있는 모래동산 만들어야지.
새들이 목 축일 수 있는 돌확을 놓아야지.

새를 기다린다.

날갯죽지를 느끼는 동작을 반복한다.

봄날의 권유

느티나무를 봐!
이 확대경으로.
연둣빛이 폭죽처럼 터지고 있지?
꽃가지가 저렇게 하늘로 쭉 뻗다가
땅으로 멋지게 휘늘어지는
저 매화나무를 봐!
이쪽으로 와서 서 봐!
꽃나무 앞에서 맡는 것보다
꽃향기가 더 진하지?
꽃가지를 당겨 코에 대어봐.
어때?
바람이 있어야 해.
움직이지 않으면
화초도 죽어.

나무는 봄을 아는 거야

다시 여행하다
그 말뜻을 지닌 나무를 주문했다.
묘목이 들었으니 엎지 마세요!
매직으로 적힌 상자를 여니
이름표를 단 나무들
입춘처럼 서 있다.

지금은 앙상하지만
봄기운을 받으면 가지가 쭉쭉 뻗어나갈 거예요.
묘목은 수술 받은 사람과 같아요.
긴 나뭇가지 끝으로 양분을 올릴 기운이 없어요.
땅에 심을 때는 가지를 짧게 잘라주세요.

습기 많은 토양에 심을 것
그늘 혹은 반그늘 만들어 줄 것
암나무 수나무 사이에 간격을 충분히 둘 것
봄여름에는 매일 한 번씩, 가을에는 이삼일에 한 번씩
겨울에는 일주일에 한 번씩 물을 줄 것
첫해에는 거름을 주지 말 것
첫 겨울을 날 때는 낙엽으로 뿌리내린 땅을 덮어줄 것

이식 받은 피부와 혈관이 아직 낯선

종이로 만들어진 사람 같은

실바람에도 흔들리는 나

나무의 말 새겨 듣는다.

나도 몸에서 봄을 꺼내는 마술을 터득하고 싶어.

봄

봄이 절반은 온 거겠죠?
택시기사가 묻는다.

봄이 왔는데 못 보면 어떡하죠?
노안이 왔다는 후배가 혼잣말처럼 묻는다.

어머, 쑥이 돋고 있어! 발을 어디 두지?

오일장에 봄이 엄청 나왔어!

봄은 힘이 장사지.
턱을 쳐들고 가비얍게 우리 집 삐딱한 창을 열어젖힌다.

민들레

벌
나비
개미
내일을 위한 꽃
남겨 두고

태양의 분신 같은 꽃
모가지를

똑.
똑. 똑.
똑. 똑. 똑.
똑. 똑. 똑. 똑.
똑. 똑. 똑. 똑. 똑.

얼굴이 샛노래지도록
복용해도 몸에 좋아

발밑이 늪이라는 친구에게 택배로 보내고
민들레를 화두로 삼아

닫힌 꽃봉오리 여는 시간 기다려
나도 몸을 일으켜
어둠이 밀려들어왔던 문을 연다.

2부

눈이 그친 아침

합체를 이룬 것들 한껏 눈 부시다
그 기교를 체득하지 못한 나는, 누추하게

엉겨,
얼어붙는다

눈덩이를 굴리고 굴리니
망망한 길까지 나 있는 고양이 발자국이 보인다
네 장의 꽃잎을 가진 꽃송이들

햐, 햐.
햐, 햐.

문득, 뒤를 돌아본다.
내 발자국, 눈엣가시

아무 자국 없는 곳으로
나아간다

눈 오는 날

눈에 넣어도 아프지 않은 풍경들이
내 마음을
순백으로
순백으로
물 들입니다

길을 감춘 눈 위에 길을 내
순수의 세계로 가 봅니다
천근만근인 내 삶이
살포시 떠오릅니다

아이들 탄성이 함박눈처럼 쏟아지는 곳으로
날아갑니다
옹이 깊은 내 생의
마디마디를 더듬던 손을
쫙 펴들고 달려갑니다

무료 에어로빅 교실

몸매가 콜라병 같은 강사가 단상에서 양팔을 위로 쭉, 쭉 뻗고, 손을 쫙, 쫙 편다. 자, 이게 꽃손이에요. 꽃손을 힘차게 흔들면 손끝으로 몸속의 독이 빠져나가요.

뼈마디가 굵은 손, 지문이 닳은 손, 내놓기 부끄러운 손들이 미명을 쑥, 쑥 찌른다. 몸 하나로 살아온 인생들 털고 싶은 기억을 탈탈 턴다.

음모가 없는 몸, 흉이 많은 몸, 뼈에 구멍이 숭숭 뚫린 몸, 울화가 찬 몸, 죽은피가 흐르는 몸, 힘을 못 쓰는 몸에서 흘러나오는 독.

공원의 개들 물러선다.

그 여자의 난간

그 난간에 조롱 있다.
그 여자 조롱 속에 사는 새에게 노래 가르친다
그 새 부를 줄 아는 노래 다채롭다

그 난간에 화분 있다
야자열매 반으로 갈라 만든 화분
그 여자 꽃들에게 이야기 들려준다

한국 시간 베트남 시간 나란히 적은 얘기
손이 큰 엄마 얘기
아버지가 잡아오던 물고기 얘기
동생이 공들여 수놓는다는 마을 얘기
한국 남자랑 결혼하고 싶어 하는 친구들 얘기

그 난간에 크게 웃는 아이 둘 있다
조롱을 툭툭 치며 가는 이들에게
수수께끼 같은 꽃말 건넨다
두 나라의 말을 하는 남매 조롱 위로 쑥쑥 솟아오른다

사라진다 하네

저 라일락, 봄밤에 나를 부르는 나무. 꽃향기를 맡으면 근심이 다 사라져.

저, 직박구리, 꽃을 먹는 새. 내 창가에 가지 쭉 뻗은 벚나무 꽃에 꿀을 따먹으러 와.

저 구멍은 딱따구리 집. 내가 여기 집 구하러 왔을 때 저 나무 에 집을 짓고 있었어.

저 어린이놀이터 축대 밑에는 청설모. 가을에 잣송이를 갖다 놓으면 나와서 물고 들어가.

저 플라타너스에 까치집. 까치가 나뭇가지 꼭대기에 집을 짓 는 곳은 바람이 사납게 불지 않는대.

저 양지바른 곳은 고양이 놀이터. 볕이 좋을 때마다 아파트 지 하에서 나온 녀석들이 일광욕을 하며 졸아.

저 텃밭의 푸성귀들 싱싱도 하지.

저 목련나무와 오리나무 사이에 빨랫줄. 풍향을 가리키지.

저 청년들, 내 이웃. 캄보디아에서 왔어. 쉬는 날에는 운동장 에서 축구를 해.

저 아주머니는 우리 동네 통장.

저 풍경들 다 갈아엎고
새 아파트를 올린다고 하네.

어린이놀이터

벤치에 할머니 셋 정물처럼 앉아 있다. 해 나면 집 나와서 해 지면 집에 든다.

날 풀리고 철 바뀌고 녹슨 벤치 알록달록 새 칠을 해도 코빼기 도 보이지 않는 아이들. 할머니들만 파삭파삭한 그림자가 야윈 몸을 돌아 사라질 때까지 벤치에 앉아 있다.

누군가의 옷가지와 이부자리가 철봉에 널려 간간 펄렁이고, 바짝 마른 할머니들의 거풍이 막바지에 이른다.

가을날

종일 혼잣말에 취해 집앞을 오가는 시외할머니와
옆구리 붙이고 긴 의자에 앉아 볕을 쬔다
쉬 피로하고 쉬 허탈하고 자꾸 달콤한 게 당기는 것은
낮이 짧아졌기 때문이라는 말에 맞장구치며
쉬 눈물 나고 우울증이 깊어지는 것은
몸에 드는 빛이 부족하기 때문이라는 말에 장단 맞추며
몸이 가랑잎처럼 가벼워진 사람과
마음이 파랑처럼 흔들리는 사람이 몸을 맞붙인 시간
둘이 고향집 풍경을 생의 부적처럼 꺼내 보인다

노부부의 난전

골목 안 미장원 앞 공터의 난전
벌레 먹은 것, 속이 찬 것, 알이 실한 것, 어깨를 맞대고, 다리
를 포개고, 몸을 기대고 있네

이건 다 약 안 쓰고 키운 것들이여 내 숨 불어 키운 것들이여
내 손으로 거둔 것들이여 살아 있는 것들이여 종자로 써도 되는
것들이여

허리가 기역자로 꼬부라진 노부부의 난전에서 산 것들, 시들
고, 썩고, 벌레들 꼬물꼬물 기어 나오고,

왕성하게 싹 난 고구마는 텃밭 가진 친구가 가져가고, 쪼글쪼
글한 감자는 씨눈을 따 노인정 앞뜰에 골골이 심고, 강낭콩은 화
분에 심는다

덤으로 덥석덥석 받은 말씀들
씨눈으로 틔운다

단풍의 홍조

금이 가는 집을 근심하다
금 속에 살림을 차렸어요
귀뚜라미가 인사를 옵니다
삶이 순간 홍조를 띱니다

집을 나서
단풍의 길을 따라갑니다
버스가 플라타너스 밑에 급정거하고
환기창으로 쏟아져 들어오는 참새 합창소리
삶이 순간 홍조를 띱니다

나처럼 작고 지쳐 보이는 행인 하나가
내가 탄 버스를 쳐다봅니다
남은 생을 어떻게 사나
이정표를 찾는 듯

나무들이 대지의 환부에 입을 대고
제 몸이 앙상해지도록 독을 빨아냅니다
세상이 맑아집니다
단풍이 듭니다

가을일기

바람을 따라가다 뒤가 마려워
낙엽이 쌓인 숲으로
숨었다.

힘주어 뒤를 보았다.
예쁜 색을 골라
뒤를 닦으려 할 때

내 뒤에 환장을 했나.
칠성무당벌레
몸을 포개고
내 엉덩이를
암벽처럼 타고 오른다.

급히 일을 끝내고 집부터 만든다.
단풍잎들 요처럼 이불처럼 깐다.
잔가지들 얼기설기 쌓는다.
그 안에 암수를 들인다.

신방을 차려주고 숲을 나오니

알차게 산 것 같다.
바람의 결 몸에 새긴 나무들
바람의 길 일러준다.

칠성무당벌레

수확을 도와주고 얻은
꽃사과에서 흘러나온 달콤한 향기가
시외버스를 흔든다.

눈을 반짝이는 이들에게 나는
분이 뽀얗게 난 빨갛고 동글동글한 꽃사과를 돌린다.
대문니, 송곳니, 어금니, 꽃사과에 꽂힌다.

아, 아, 아,
아, 아, 아,
아, 아, 아,

꽃사과 속에 깃든 햇살과 바람
나도 한 입 맛보려는데
어라, 어라
어라, 어라
내 손등을 타고 오르는 칠성무당벌레.

진딧물 먹으면 익충이지.
과즙 먹으면 해충이지.

껍데기가 광택이 나면 육식성이지.
껍데기가 광택이 없으면 초식성이지.
햇빛이 좋은 곳에서 월동하지.
말을 거드는 사람들.

숨구멍 뚫은 비닐봉지에
방돌이, 방순이 이름 붙인 칠성무당벌레 두 마리를 넣는다.

시월을 보내는 법

시월 그냥 보내기 섭섭해
다른 시월을 보러 가기로 했다.

저렇게 늙자!

시월과 맞장구치며
산에 들었다.

말에도 색이 들었다.
샛노랗게
새빨갛게

발밑에서
유쾌한 낙엽들

나, 바스락거린다. 시월에

우리 애인은

그릇을 골라 산수유를 담는다

자전거를 타고 수많은 국경을 넘어 온 그가
입에 넣고 와 내 손바닥에 뱉어 놓은 산수유 씨앗
주머니에 넣으면 행여 긁힐까
손에 쥐면 행여 짓무를까
정원을 잘 가꾸는 그가 했을 궁리가
한눈에 보였다

새하얀 접시 위 흠 하나 없는
산수유를 입 안에 넣고 가만가만 굴려본다

빨갛게
농익는다

몸이 단 가을

반짝반짝

네가 오니 꿈만 같다
네가 오니 꿈만 같다는

엄마 손 잡고 간다
엄마 옷 사러 간다

엄마들 옷
하나같이 반짝거린다

은실 금실 작은 유리구슬 수놓은
꽃, 사슴, 별, 고래, 나비, 새

반짝반짝 브로치도 하나 골라 달아드리고
옆에 선다

엄마도 반짝
나도 반짝

엄마의 잠언

맛있는 거 있을 때 실컷 먹어. 맛있는 게 없어지면 사는 맛도 없어. 몸에 저승꽃이 피어도 청청한 엄마의 잔소리, 한 상 받는다. 겸상을 한 엄마는 내 젓가락이 자주 가는 잔소리를 내 앞으로 옮겨 놓느라, 정신이 없다. 혀에 착착 감기는 성찬을 허겁지겁 먹어대는 나를 보는

엄마, 덜 아문 딸년의 날갯죽지 상처에 약 발라 문지른다. 몸이 중하니, 몸을 아껴. 병 들면, 너만 서러워. 축 내려앉은 내 날개를 추켜올리는 손길

추임새 절로 난다. 남 줄 때는 넉넉히 줘. 네가 적게 먹어도. 딸년 들려 보낼 보따리들 싸느라 미처 못다 푼 이야기. 사람이 제일 그리워. 사람구경이 큰 낙이다. 엄마의 잠언에 모처럼 웃고, 눈물 콧물 뺀다.

어머니의 조각보

남대문 시장 거창 한복집에서 자루 자루 얻은 자투리 천으로 우울증 치매 콕콕 찔러 만드셨다는 조각보 수십 장, 택배로 왔네

결혼한 지 십년 넘게 생색 한 번 못 내고 사는 내게 생색을 선물하시나 한 장 한 장 꺼내 보니 삼십육 색이 넘는 문양 속에 십장생들 뛰노네

세모 네모 마름모 서로 험담하지 않고, 삼각뿔 원뿔 서로 찌르지 않고, 제 자리 크다 작다 불평하지 않고, 폼 나게 몸 포개고, 폼 나게 색 섞었네

파치 조각들도 심혈로 잇대면 쓰임새 중한 것이 된다고, 생에서 줄행랑 치고 싶은 나를 돌아 세우네

심부의 온도

심부의 온도 1도 낮추라는 처방 받은 친구, 심부의 온도 1도 높이라는 처방 받은 나

심부의 온도 낮추거나 높이는데 도움 되는 곡식, 과일, 차, 뒤 지고 뒤지다

심부는 어디지?
몸 안이겠지. 몸 안을 잘 살펴야 피부가 맑다, 한의원에 쓰여 있었잖아.
사전 보니, 마음 있는 곳이 심부라는데? 마음 있는 곳은 어디 지?
아픈 곳이구나!

심부에 닿는 냉기, 심부에 닿는 손, 심부에 닿는 손톱, 심부에 닿는 주먹, 심부에 닿는 섬뜩한 눈빛, 심부에 닿는 세찬 발길, 심 부에 닿는 불운,

전신이 마음이네.

안마

통증의 빈도가 잦아진다
양방 한방 오간다

붙들어 맨 정신
볼썽사납게 망가진다

친구가 나를 끌고 용한 안마사를 찾아간다
사람 꼴을 벗고 눕는다

안마사는 가만가만
나를 읽는다

꼭꼭 숨긴 나를
하나하나 찾아낸다

으, 으, 으악, 으악!
으, 으, 으악, 으아아악!

내 속에서 나온 것이 분명한데, 으!
내 속에서 키운 것이 분명한데, 악!

꿈틀거리는 나에게
안마사는 따뜻한 물 한 잔을 건넨다

자화상

머리, 목, 어깨, 팔, 허리, 골반, 다리, 발바닥이
비명을 지른다
거울 앞에 서서
거울 속의 비명을 보며

몸을 흔들고
한숨을 내쉬고
진땀을 흘리고

힘을 주는 건 쉬운데
힘을 빼는 건 어렵구나

정수리, 이마, 콧등, 귀속, 잇몸, 뒷목, 겨드랑이, 뱃속
자궁, 엉덩이, 정강이, 복숭아뼈, 발등, 힘을 뺀다

몸을 괴롭히는 생각이 많은지
탁한 사람이 등 뒤에 있는지, 옆에 있는지, 내 팔을 잡고 있는지
뇌, 눈, 피부는 맑은지
살핀다

툭툭 풀리는 힘의 마디가 보인다

무기력한 나날

오늘도 그가 왔다
산송장 같은 몸
굴에서 일으킨다
그가 봉투를 건넨다
그 안에
나의 별세가 적힌 종이

중얼중얼 읽는다
뒷머리를 쿵, 쿵
벽에 찧는다
쩍, 쩍,
굴, 금 간다
와르르, 와르르
굴, 무너진다

나는 굴을 나선다

걸음마, 걸음마,
걸음마, 걸음마,

만장을 든 나무들
만가를 부르는 새들

부고요, 부고요

봄날에 연애

봄을 타시나 봐요

당신도 타고 싶어요

사나운 꿈을 여명장치처럼 붙들고 산 날
흔들린다

그가 내 집을 물어뜯는다
구멍을 만든다

새순을 꿈꾸는 나
끄집어낸다

그가 나의 골 깊은 겨울을
벗기고, 씻긴다

내 몸 샅샅이
색들이 살아난다

봄 탄다

봄놀이

그 사람이 왔다
화분을 안고

화분과 화분에서 핀 꽃
방금 온 바람결

그 사람이 화분을 내려놓은 곳
속속 꽃 돋아난다

꽃이 빛을 끌어당긴다
죽은 색도 살린다

꽃의 생기로
그 사람과 나
찰랑댄다

내 몸
꽃 천지

3부

욕이 반이었네, 반 넘어 욕이었네!

이분이 욕을 너무 보고 살았나.

내 입을 벌리고 불순을 제거하던 의사가 말한다. 입천장을 살짝만 건드려도 욕이 나와요. 소견서 드릴 테니 큰 병원 가보셔요.

큰 병원 의사는 욕과 나를 분리하다 생기는 불상사는 묻지 말라 각서부터 내민다. 그 서슬에 놀란 욕이 입을 다문다.

욕을 떼어내고 나니 몸이 반으로 줄었다.

신생아기

심호흡, 독학 중이야. 배가 볼록해질 때까지 숨을 들이쉬고, 배가 폭 꺼질 때까지 숨을 내쉬는 일, 꽤 어렵네

물 마시기, 꽤 어렵네. 사레 안 들리고 물 한 사발 시원하게 들이켜는 일

심중의 말 꺼내기, 옹알옹알 웅얼웅얼 옹알이를 끝내고 진짜 말을 하는 일

중증환자 되고 나니,
꽤 어렵네

판타지가 필요할 때

어두운 곳, 차가운 곳, 직사광선이 안 비치는 곳, 손이 쉽게 닿
는 곳에 각각 다르게 보관해야 되는

막다른 벽 같은 약들을
한 달 치 받아
때맞춰 삼킨다

차도가 있다
잠 깨어 일어나면

그때부터

숟가락 들지 않은 손이 주먹을 꽉 쥐고 있어
무엇을 놓치지 않으려는 듯
귀중한 것을 갖고 있는 듯

밥 먹을 때마다 흠칫 놀라
이 현상은 친구가 지적했어
주먹다짐할 일 생겼냐고
패고 싶은 놈 만났냐고

그때부터였을 거야
날아다니지 못하게 된 때
구름들 무게를 알게 된 때
나무가 제 가지 버리는 이유 알게 된 때

주먹을 꽉 쥐었다 쫙 폈다 꽉꽉 쥐어보니
너무도 작아
두 주먹을 불끈 쥐고 엎었다 뒤집었다
오른 주먹이 눈에 띄게 커
밥 먹는 손
밥벌이 하는 손

주먹은 쓰는 만큼 커진다지

주먹 안에 든 것들
어떻게 키우나

딴사람

식탁에 죽인 꽃 화려하다

꽃잎을 낱낱이 따 죽인 것
꽃봉오리를 가위로 잘라 죽인 것
꽃가지를 낫으로 베어 죽인 것

꽃 피우려고 빛의 기운 한껏 끌어당긴 것
꽃 피울 때 야생의 기운 한껏 끌어당긴 것
소금물에 씻고, 불에 덖고, 볕에 말린 것
약효가 무궁해진 것

누군가 보내온
꽃말
꽃의 신화
바짝 말라붙은 꽃의 그림자
꽃의 눈물

내 주소지에 속속 배달되는
꽃의 손, 꽃의 발, 꽃의 팔, 꽃의 다리
꽃의 몸통, 꽃의 눈, 꽃의 귀, 꽃의 머리통

꽃으로
밥을 하고
차를 끓이고
술을 빚는다

관상을 즐기던 꽃
손닿는 데 두고
이제는 먹을 궁리

그 일을 겪은 뒤
그 일을 겪은 뒤

가을시식회

서울에서 친구들이 문병을 왔다. 나는 오랜만에 단골집에 전화를 걸어 자리를 예약한다.

수세미가 주렁주렁 늘어진 골목을 걸어 가을을 파는 집에 갔다. 서해에서 잡혀 온 가을, 물이 좋다.

기세 좋은 불을 꿰차고 앉아 각자 가을을 굽는다. 불길을 조절하고, 때맞춰 뒤집는다.

나는 가을의 꼬리지느러미를 척 들고 입에 넣는다. 와!

살맛이 없던 나날, 한바탕 뒤집힌다.

목련나무

목련꽃 필 때 보자는 약속들 떠올리며 병원에 갈 때, 우체국에 갈 때, 오일장에 갈 때, 돈 벌러 갈 때, 목련나무, 찾는다. 꽃턱잎에 싸인 꽃봉오리들 한 방향으로 환해진다.

봄눈 녹은 뒤, 황사 걷힌 뒤, 봄비 멎은 뒤, 꽃샘바람 그친 뒤, 목련나무, 찾는다. 직박구리 한 마리 나뭇가지에 앉아 봄을 쪼고, 나는 모창을 한다.

겨우내 목련나무를 오가며 가만히 부른 이름들

정원에서 놀다

국경을 넘을 때마다 사 모은 종을
죽은 향나무에 매달아 놓은 그는
바람을 기다리며
바람의 길을 어디로 낼까 궁리 중이다.

새들이 식사를 끝낸 식탁을 정리한 나는
사과를 앙상한 겨울나무에 새로 매달고
새들이 날아오는 시간에 맞추어 둔 알람을 확인한다.

그는 꽃나무들 주변에 금을 두른다.
고양이에게 주의를 준다.
꽃눈은 쉽게 떨어져.
꽃 필 때까지는 이 길로 다니지 마.

개미굴이 많은 곳에 방울토마토를 심을 거야.
개미들이 붉은색을 톡톡 터트려 먹는 걸 봐야지.
나비를 부르는 꽃을 곳곳에 왕창 심을 거야.
나비에게 열광하는 너의 움직임이 정원을 살리거든.

나는 고양이를 무릎에 앉히고

정원을 가꿀 계획을 털어놓는다.
내 머리 속 정원이 우주만해진다.

고양이와 함께 한 산책

고양이는 대추나무 밑둥치를 두 발로 긁는다.
수피가 벗겨지는 데마다 연두색이 도드라진다.
겨울을 긁어내면 드러날 색채에 눈이 휘둥그레진다.

고양이를 따라 정원으로 나간다.
묵은 발톱을 떼어낸 고양이 담장 위로 뛰어오른다.
대추의 첫 단맛을 따던 개미의 길 더듬어 본다.
무르익은 것을 찾을 수 있는 지도를 그려본다.

꽃나무 앞에 서서
칼바람, 우박, 폭설이 떨구지 못한 꽃눈들 세어본다.
꽃 피울 힘 어림해 본다.
햇살, 바람, 어둠, 고요한 시간 따져본다.

꽃씨들 파고든 자리, 구근들 겨울잠 자는 자리
손바닥을 대어본다.
몸을 틀 준비를 하느라
내 손의 형상을 만들며 언 땅이 녹는다.

겨울정원과 나

가지에 휘늘어진 주황朱黃
새들이 다 파먹었다.

구멍 깊은 색
새들 부리자국에
한입 댄다.

된서리 견딘 속살
혀끝으로 굴린다.
달콤하다.
살아나는 색들

보고, 만지고, 핥고 싶어
겨울 나뭇가지에 매달린다.

새는 색을 쪼고
색은 나를 쫀다.

새와 나
겨울 볕 드는 나무 아래

색에 홀린다.

살, 맛 난다.

봄의 정원

뿌리 뻗는 고통을 아는 것들
트집 잡을 데 없는
봄 내놓는다

번개에 맞아 죽을까
새똥에 맞아 죽을까
걱정에 치여 죽을까 전전하는 이들
줄 선다
반쯤 죽었다 살아난 고것들
다 죽었다 살아난 고것들
숨 부지한 고것들
기운 얻으러

꽃나무 한 그루씩 끌어안고
참 잘했다 참 수고했다
꽃나무 한 번
자신 한 번

나 알 것 같은
봄 담장 넘어온 고양이

봄맞이 횟수 더할수록 작아지는 나의
손바닥, 턱밑, 콧잔등,
마음을 핥는다
까칠한 혀로 보드랍게

꽃이 눈에 차는 나날

　이 꽃씨는 저것들과 달라요. 하룻밤 불려 심으세요. 아, 모종을 할 때 실뿌리 끝 하나 다치지 않게 하세요. 아침저녁 빛 드는 곳 다르다고 화분을 이리저리 옮기지 마세요. 꽃나무마다 물 먹는 방식 달라요. 세심해야 뿌리 안 썩어요.

　꽃나무마다 선호 음악 달라요. 그 얼굴 세심히 살피세요. 일삼아 다정다감 말 거세요. 한껏 미소를 띠고 손끝으로 쓰다듬어 주세요. 아, 꽃나무도 암흑에서 꿈꾸기 좋아해요. 밤에는 어둠에 푹 파묻히게 해 주세요.

　암흑에서 꿈꾸는 아이들 가르치다 잘못 뻗은 생각의 가지에 무수히 찔린 채 돌아와
　꽃을 본다.

꽃놀이

희귀한 꽃, 흔한 꽃, 칙칙한 꽃, 환한 꽃
명랑한 꽃, 우울한 꽃, 말 많은 꽃, 조용한 꽃
새초롬한 꽃, 새침데기 꽃, 수줍음이 많은 꽃, 걸걸한 꽃
감쪽같이 죽은 꽃, 감쪽같이 산 꽃
조화 같은 생화, 생화 같은 조화
먹을 수 있다는 꽃, 약도 된다는 꽃
옆 가게에는 없다는 꽃

진열된 곳

꽃 이름이 왜 이래요?
열대에서 왔어요?
월동은 해요?
양지에 심어요, 음지에 심어요?
뿌리가 밑으로 뻗어요, 옆으로 뻗어요?
꺾꽂이 할 수 있어요?
휘묻이 가능해요?
번식은 잘 해요?

꽃가게 아줌마

질문에 척척

늦가을까지 피고 지고 핀다는
올해 피었다 죽고 내년에 다시 살아난다
새들이 좋아하는 열매 열린다
즐거움을 주면 꽃이 늙지 않는다

괜찮다, 사는 일
다시 보는 봄

봄에 살다

새들이 좋아하는 묘목들
담을 따라 심었다.
텃밭에 채소 모종내고
꽃씨 골라 심었다.
그 사이사이 고양이 길

기다렸다 피는 꽃
앞앞이 설 때마다
놀랍다.

땅에 난 새싹
나무에 돋은 새순
먹성 좋게 쪼아 먹는 닭들

알 낳을 준비를 하나
땅바닥에 솜틸 물고 날아오르는 참새들

봄의 수다

개미가 제비꽃 씨앗을 물어다 굴에 쟁인대. 개미집 근처에 꽃이 필 때 제비가 돌아온대. 개미가 땅속에서 물어낸 흙은 크고 작은 분화구 같아. 눈, 코, 귀, 입, 생식기, 항문, 자주 들끓는 내 몸에도 분화구가 많아.

망초, 민들레, 질경이, 씀바귀, 며느리배꼽, 새봄에 다섯 가지 나물 뜯어서 같이 먹어. 한파를 뚫고 나온 쓴맛은 보약이래. 병도 순해진대. 나도 순해지겠지.

뭐든지 다 해 드릴 테니 말씀만 하세요. 별 따줘. 네 아버지가 따다 준다 하고 안 따 준 별. 알겠어요, 엄마. 그래, 별 따 갖고 후딱 와. 네네. 나를 별천지로 보내는 엄마의 웃음꽃.

완치되기 위해선 충분한 수면, 햇빛, 좋은 생각, 필요하대. 내 손안에 금성, 지구, 화성, 목성, 토성, 태양, 수성, 달이 다 있대. 행복하면 물건도 빨리 찾는대. 그땐 뭐든 내 손바닥처럼 보이겠지. 환해지자, 우리.

고독을 밀어붙이며

약 되는 풀 찾으러 간다.

새소리에 걸음 멈춘다.
제비나비에 숨죽인다.
꽃향기, 반걸음
꽃그늘, 반걸음
피어나는 법 구한다.

줄딸기 먹고 눈 밝아져야지.
개다래 코에 대고
호랑이처럼 뛰어야지.
망개 열매 씹고 앉았다
새순의 호흡법 익혀야지.

고독해진 몸
고독을 밀어붙이며
산길 걷는다.

봄의 산

길들은 하나같이 옆구리에다
모양이 다른 길을
낳고, 낳고, 낳아 놓았네.

조팝나무 새하얀 꽃 핀 길
보라색 각시붓꽃 핀 길
굴참나무 사이 가파른 길
덩굴딸기 사이 내리막길
들고, 나고, 오르고, 타네.

숲의 끝은 어디일까?
산의 끝은?
길의 끝은?

내가 만들 수 없는 색채들
나한테 없는 기운들

산의 심장을 만져보네.
내 몸에도 움 트네.

봄의 입구를 지나

새들이 능수매화에서 날아오를 때, 가슴이 덜컥
얼른 일어나 밖에 나가본다.
꽃눈이 하나라도 떨어졌을라

나뭇가지 흔들린 자리 따라 걸어본다.
눈밭에 뾰족뾰족 온갖 새순들

오롯이 뿌리째 캐내고 싶지만,
맑은 밥이랑 상 차리고 싶지만,
한파에 살아남은 푸성귀, 푸른 순, 그저 본다.

봄날의 시

와, 피었다!
능수매화 피었어!

색깔도
향기도
겨우내 숨겨두더니

능수매화 사진 찍어
친구에게 보내고 나니
환한 보름달 뜨네.

밤 깊도록
능수매화 곁 서성이며
그림자 옮겨 보네.

봄의 소식

능수매화 옆에 의자 놓고 앉았어.
능수매화처럼 웃어보려고.

눈길 밖에 있던 산수유가 먼저 꽃망울 탁 터트리는 거야.
둘러보면 소리 없이 웃는 꽃들

산수유 꽃망울
탁탁 하고 폈니?

친구와 나 전화 붙잡고
웃어댔지.

꽃다운 시절

경칩에

대파,
겨울 살아낸 힘 얼마나 강한지
나, 씨름한다.

둘러 선 꽃나무들, 킥킥댄다.
동백, 붉은 웃음 화 터트린다.
회양목의 벌들, 신선한 꿀 향기 훅 안긴다.

그냥 옮겨 심으려는 거야.
능수매화 옆에 땅 파 놓고, 물 적셔 논 거 보이지?

내 기술이 먹혔나 보다.
잔뿌리 하나 다치지 않게 대파 가장자리 흙 파낸다.

순백의 대파 뿌리,
꼬불꼬불 뻗치는 생명
길기도 하다.

대파 옮겨 심고
폴짝,
폴짝,
뛰어본다.

여름정원

초봄에 심은 약초
줄기 끝에 새 잎
나날이 다른 색
돋아나고 또 돋아나네

신선초 뜯는 산호랑나비 애벌레
까마중 잎 갉는 무당벌레
토마토 단맛 보는 개미
개다래 열매에 알 낳으러 오는 풀잠자리

생명이 내는 소리
생명이 뿜어내는 냄새
생명이 새끼 치는

여름정원에서 나
단단한 인간 되어가네

환호하다

내가 알아들을 수 없는 말을 쓰는
검은 차광막 모자를 쓴 인부들
전동예초기를 이리저리 돌린다.

배추흰나비 부르는 정구지꽃
향기의 근원을 찾게 만드는 칡꽃
행운을 선물하는 토끼풀
이름의 뜻을 헤아리게 하는 겨우살이덩굴

그 약효에 깜짝 놀라게 되는 잡초들
굉음에 베여
초여름을 녹다운 시키는
초죽음 냄새

정신이 확 든다.

신기해라,
톱날에 잘린 초록을 두 움큼 집어 코에 갖다 대니
단박에 용솟음치는 몸

죽음의 문턱까지 갔다 온 나는
손을 쫙 펴고
꿈틀대는 생명줄을 본다.

다시 살다

내 정원에 심은 개다래나무
호랑이가 아주 좋아한다지.
잎, 줄기, 뿌리 씹어 삼킨 고양이들
두려움 모르는 눈

냄새 맡고
맛을 보고
촉감 느끼면
신비한 목소리 듣고
놀라운 힘 생기는 걸까?

나도
개다래와 다름없는 시를
핥고
깨물고
맛보면
데굴데굴 뒹굴게 될까?
사나운 꿈 고요해질까?

개다래나무 아래 발라당 누운 고양이
신이 편애하는

여행, 자연, 그리고 시

박혜경 문학평론가

여행, 자연, 그리고 시

박혜경 문학평론가

1. 노래하는 나무

나는 가끔 친구 양선희를 '써니Sunny'라고 부른다. 거기에 양楊이라는 성을 볕을 뜻하는 '陽'으로 바꿔 부르면 문득 그녀의 이름에 환한 불이 켜지고 온기가 흐르는 듯한 느낌이다. 그녀가 '봄날에 연애'라는 제목을 가진 시집을 준비한다는 말을 들었을 때도 같은 느낌이었다. 세상 만물이 소생하는 계절인 봄은 달리 말하면 세상 만물에 환한 불이 켜지고 온기가 흐르기 시작하는 계절이다. 봄은 겨우내 침묵하던 생명의 에너지들이 세상 만물에 환한 빛을 비추며 세상을 컬러풀한 색의 향연장으로 바꿔놓는 계절이 아닌가? 연애는 또 어떤가? 연애의 시간이야말로 우리의 삶에 빛과 볕이 깃드는 생의 가장 아름다운 시간이다. 빛이 밝음이라면 볕은 따뜻함이다. 둘 모두 우리가 생을 유지하는데 없어서는 안 될 것들이다. 빛과 볕의 시간이란 우리가 생명의 활기와 만나는 시간, 우리의 삶에 생의 온기가 흐르는 시간이다. 시인은 그 시간의 느낌을 봄날'에'라는 독특한 조사에 담아낸다.

'봄날의' 연애와 '봄날에' 연애는 어떻게 다른가? '봄날의'에서 '의'라는 조사가 과거형으로 닫힌 느낌을 준다면 '봄날에'의 '에'는 왠지 연애를 현재형으로 열려 있는 행위로 만드는 느낌을 준다. 물론 '의' 또한 봄에 하는 연애라는 의미를 담고 있겠지만, 조사를 '에'라는 덜 관습적인 표현으로 바꾸면 연애가 현재 진행형으로 활성화되면서 봄날이 그 연애의 시간이자 장소로 보다 가깝게 다가오는 느낌이 드는 것이다. 그 봄날에 연애를 시인은 다음의 시로 시작한다.

목공소에서 그 원목으로 책상을 짜 왔다

옹이에서 더 격렬하게 만져지는 음률을 타고 앉아
몸에 시간을 음악적으로 각인하는 법을
구한다
—「노래를 가진 나무」 전문

시집의 서시격인 이 시에서 시인은 나무와 음악에 대해 말하고 있다. 목공소에서 원목으로 짜온 책상에는 원래의 나무가 가지고 있던 옹이가 박혀 있다. 옹이는 나무의 굳은살을 일컫는 말이다. 그것은 나무에 새겨진 상처이기도 하고 상처를 견뎌낸 시간의 흔적이기도 하다. 시인은 원목 책상에 새겨진 상처의 흔적을 "격렬하게 만져지는 음률"이라 표현한다. 음률을 타고 앉은 시인은 나무가 상처를 이겨낸 흔적에 자신이 겪어낸 상처의 시간들을 겹친다. 그리고 그 겹침을 통해 몸에 "시간을 음악적으로 각인하는 법을 구한다." 상처를 겪어낸 시간이 음률이 되고 음악이 되는 시간, 그것은 시인과 나무가 서로의 상처를 통해 하나가 되는 시간이다. 봄이란 겨우내 침묵하던 나무들이 일제히 합창을 시작하는 계절이 아닌가? 『봄날에 연애』는 그 나무들의 노래를 따라간 시집이다.

2. 상처의 시간

이 글은 봄과 연애의 시간을 말하기에 앞서 먼저 시인이 들려주는 상처의 시간을 들여다보려 한다. 양선희의 시에서 상처는 늘 그것을 견디려는 시인의 마음과 함께 모습을 드러낸다. 시인은 "이식받은 피부와 혈관이 아직 낯선/ 종이로 만들어진 사람 같은/ 실바람에도 흔들리는 나"를 말한 후, 곧이어 "나무의 말 새겨듣는다./ 나도 몸에서 봄을 꺼내는 마술을 터득하고 싶어"라고 말한다(「나무는 봄을 아는 거야」). 이식받은 피부와 혈관은 시인의 몸에 가해진 훼손의 시간을 암시한다. 이 훼손의 시간을 견디기 위해 시인은 "다시 여행하다"라는 말뜻을 가진 나무를 주문한다. 시인은 이러한 말뜻을 가진 나무를 주문함으로써 훼손된 몸과 마음을 넘어서는 새로운 삶으로의 여행을 꿈꾼다. 시인은 그것을 나무의 말을 새겨듣고 자신의 몸에서 봄을 꺼내는 마술이라고 말한다. 시인이 그토록 봄과 나무의 이미지에 매달리는 것은 그것이 재생을 향한 시인의 꿈과 연결돼 있기 때문이다. 이것은 나무와 함께 양선희의 시에서 자주 나타나는 새의 경

우도 마찬가지다. 날 수 없는 현실과 날고 싶은 욕망이라는 양가적 의미를 갖는 새의 이미지는 양선희의 시에서 갇힘과 비상의 이미지가 겹친 모습으로 나타난다. 다음의 시를 보자.

　　방에 새가 들었다. 이 벽에 퍽, 저 벽에 퍽, 머리통을 부딪친다.

　　화들짝 일어나다 탁자에 무릎을 찧으며
　　나는 새소리를 내본다.

　　픽, 픽, 피식, 픽, 픽…. 심호흡을 하고 다시 새소리를 내본다. 숨이 차오른다. 소리에 가락이 실린다.

　　내 가락을 듣고 새의 날갯짓이 조금씩 달라진다. 날아간다. 한 마리, 열 마리, 백 마리, 천 마리, 만 마리…. 나도 따라 절룩거리며 밖으로 날아간다.

　　채반의 물이 빠지듯 어둠이 뒤따라 방 밖으로 흘러나온다.

　　천지가 검은 구멍
　　구멍 숭숭한 내가
　　어디론가 빨려간다
　　―「삶과 꿈」 전문

이 시에서 이 벽, 저 벽에 머리통을 부딪치고 있는 새는 물론 시인 자신을 가리킬 것이다. 자신을 방에 갇힌 새에 비유한 시인은 새소리를 내본다는 표현을 통해 갇힘의 고통과 탈출에의 욕망을 표현한다. 흥미로운 것은 시인이 심호흡을 하고 숨이 차오를 때까지 새소리를 내자 마침내 그 소리에 가락이 실린다는 점이다. 가락이 실리자 새의 날갯짓이 달라지고 날아오르는 새들이 백 마리, 천 마리, 만 마리로 계속 늘어난다. 가락이란 노래가 아닌가? 새소리에 가락이 실리자 방에 갇힌 새의 날갯짓이 조금씩 달라진다. 고통이 노래로 바뀌는 것, 이것이 '퍽'과 '픽' 사이에서 벌어지는 일이다.

　날 수 없는 방에 갇혀 있던 시인은 숨이 차오르도록 불러낸 새소리의 가락을 따라 절룩거리며 방 밖으로 날아간다. '절룩거리며'라는 표현이 말해주듯 시인의 날갯짓은 여전히 서투르고 불완전하다. 새소리에 실린 가락과 함께 자꾸만 늘어나는 새들을 따라 시인이 방 밖으로 나오자 방안을 채우고 있던 어둠이 뒤따라 흘러나오고 그제서야 시인의 눈에 "천지가 검은 구멍"인 세계와 그 세계를 살아가는 "구멍 숭숭한" 자신의 모습이 들어온다. 방안의 어둠에 가려져 있던, 천지가 구멍이고 자신의 모습 또한 숭숭한 구멍의 존재라는 것을 알게 된 것, 어쩌면 이것이 새로운 날기의 시작인지 모른다. 구멍 숭숭한 내가 "어디론가 빨려간다"라고 시인이 말할 때, 그 구멍이 뭘 뜻하는지 정확히 알 수 없다. 그러나 우리는 이 시 다음에 실린 「직박구리」에서 그에 대한 하나의 힌트를 얻을 수 있다. 이 시에서 우리는 "가끔 시인의 방에 날아들어/ 온몸을 벽에 부딪치며/ 바깥으로 통하는 길을 찾아야지"라는 구절에 이어, "직박구리 1, 직박구리 2, 직박구리 3, 직박구리 4…/ 직박구리를 좋아하는 시인과 살아야지"(「직박구리」)라는 구절과 만나게 된다. 이 구절을 통해 우리는 새들을 따라 방밖으로 나온 시인이 빨려간 구멍, 혹은 시인이 찾으려는 방밖의 길이 시 쓰는 일과 관련돼 있음을 알게 된다. 시쓰기란 구멍 숭숭한 자신을 거부하는 것이 아니라 그 안으로 빨려드는 것, 그리고 그 구멍을 통해 바깥으로 통하는 새들의 길을 찾는 것이라는 의미가 이 시들에는 깃들어 있는 것이 아닐까? 비상을 향한 시인의 꿈은 삶의 바깥이 아니라 바로 삶이라는 구멍 자체로부터 흘러나오는 것일 테니 말이다.

시인은 "날갯죽지를 느끼는 동작을 반복"하며 "새를 기다린다." "새들의 길 훤히 보려고 창을 닦는" 시간은 "눈 쌓인 먼 산, 하늘, 구름, 낮달이 가깝게 보"이는 시간이고, "고양이가 다니는 길도 빤히 보"이는 시간이다.(「정원에 나가는 일을 일과에 넣다」) 뿐만 아니라 그 시간 속에서는 아이들의 탄성이 들리고 민들레와 칠성무당벌레 같은 작은 것들도 보이고, 꽃도 "희귀한 꽃, 흔한 꽃, 칙칙한 꽃, 환한 꽃, 명랑한 꽃, 우울한 꽃, 말 많은 꽃, 조용한 꽃, 새초롬한 꽃, 새침데기 꽃, 수줍음이 많은 꽃, 걸걸한 꽃, 감쪽같이 죽은 꽃, 감쪽같이 산 꽃, 조화 같은 생화, 생화 같은 조화"(「꽃놀이」)처럼 각기 다른 모습들로 하나하나 다 보인다. 시인이 새의 길을 꿈꾸는 시간은 세상을 보기 위해 마음의 눈을 밝히는 시간, 세상에 존재하는 것들 하나하나에 눈길을 주는 시간이다. 그것은 또한 거울 속의 자신을 들여다보는 시간이기도 하다. 새를 기다리기 위해서는 시인의 몸 또한 가벼워져야 하므로 시인은 거울 속 자신을 바라보며 자기 안의 비명과 마주선다.

> 머리, 목, 어깨, 팔, 허리, 골반, 다리, 발바닥이
> 비명을 지른다
> 거울 앞에 서서
> 거울 속의 비명을 보며
>
> 몸을 흔들고
> 한숨을 내쉬고
> 진땀을 흘리고
>
> 힘을 주는 건 쉬운데
> 힘을 빼는 건 어렵구나
>
> 정수리, 이마, 콧등, 귀속, 잇몸, 뒷목, 겨드랑이, 뱃속
> 자궁, 엉덩이, 정강이, 복숭아뼈, 발등, 힘을 빼다
> ─「자화상」 부분

　자기 몸의 구석구석을 호명하며 시인은 몸 안에서 비명을 내지르는 통증과 삶을 짓누르는 힘을 자신의 몸에서 힘을 빼내려한다. 이때 힘을 빼낸 몸의 상태란 「무기력한 나날」에서 "오늘도 그가 왔다/ 산송장 같은 몸/ 굴에서 일으킨다"라는 구절에서의 무기력한 몸은 물론 아닐 것이다. 무기력이란 몸의 힘을 뺀 상태

가 아니라 몸에서 생의 에너지가 빠져나간 상태일 테니 말이다. 몸의 힘을 빼는 것은 힘을 뺌으로써 무기력한 몸을 생의 에너지로 가득 채우는 일이다. 몸의 힘을 빼고 가벼워지는 것은 "힘을 못 쓰는 몸에서 흘러나오는 독"(「무료 에어로빅 교실」)을 빼내는 일이고, "옹이 깊은 내 생의/ 마디마디를 더듬던 손을/ 쫙 펴들고 달려"가는 일이며, "천근만근인 내 삶이/ 살포시 떠오"르는 (「눈 오는 날」) 일이다. 「단풍의 홍조」에서 시인은 무기력한 삶을 일으켜 세우기 위해 "집을 나서/ 단풍의 길을 따라"간다. 버스가 플라타너스 나무 옆에 서자 참새들이 합창소리가 들리고 시인은 "삶이 순간 홍조를" 띠는 것을 발견한다. 단풍 든 나무와 참새들의 합창은 "나처럼 작고 지쳐 보이는" 행인이 나아가야 할 삶의 방향을 가리키는 이정표가 된다. 시인은 "대지의 환부에 입을 대고/ 몸이 앙상해지도록 독을 빨아내"는 가을 나무들을 보며 "세상이 맑아집니다/ 단풍이 듭니다"라고 말한다. 단풍의 붉은 색에서 나무가 대지의 환부에서 빨아들이는 독의 이미지를 떠올리는 상상력은 시인이 자연에서 얻고자 하는 것이 무엇인지를 보여준다. 그것은 바로 치유의 힘이다. 환부의 독을 빨아대는 것은 치유의 행위가 아닌가? 이제 우리는 상처의 시간을 지나 양선희의 시들이 갈망하는 치유의 시간으로 건너가려 한다.

3. 치유의 시간

이 시집에서 시인을 치유의 시간으로 이끄는 것은 여행과 자연, 그리고 시다. 낯선 곳을 찾아 떠나는 여행은 시인의 삶뿐만 아니라 그녀의 시에도 의미 있는 상상적 활력을 불어넣어준다. 시집 속에서 그녀가 선호하는 여행지들은 히말라야나 과테말라 고원지대 같은 오지들이다. 이 여행지들은 문명세계로부터 멀리 떨어져 훼손되지 않은 자연의 삶을 살아가는 사람들의 세계라는 점에서 시인이 지향하는 삶과 깊은 관련을 맺고 있다. 히말라야를 배경으로 한 다음의 시를 보자.

> 신들의 산책로에 들었다.
> 설산 녹은 물 천둥소리를 내며 흘렀다.
> 무거운 얘기 통쾌하게 씻겨나갔다.
>
> 사소한 잡생각에도
> 풀들이 쐐기처럼 나를 쏘아댔다.
> 돌부리 나무뿌리 나를 넘어뜨렸다.
>
> 숨을 내쉬고 들이쉬는 일
> 숨을 제대로 쉬는 법
> 새롭다.
> ―「히말라야를 찾아」 부분

시인은 신들의 산책로라고 명명된, 세속의 현실로부터 멀리 떨어진 자연의 풍경 속을 걸어가고 있다. 그곳에는 인간세계로부터 흘러나오는 무거운 얘기를 통쾌하게 씻겨내는 설산 녹은 물의 천둥소리가 있고, 사소한 잡생각들을 쐐기처럼 쪼아대는 풀들과 돌부리, 나무뿌리가 있다. 시인은 그곳을 걸으며 무거운 문명의 옷을 벗고 제대로 숨 쉬는 법을 배운다. 그곳에는 "집집마다/ 기도가 넘쳐"흐르고, 신들의 거처에는 "한 줌의 곡식, 한 자루 양초, 한 송이 꽃"이 놓여 있다. 여행지에서 만난 가난하고 소박한 사람들의 삶속에서 시인은 잡생각들이 씻겨나간 자리를 채우는 자연의 숨을, 욕심을 버린 자리에서 넘쳐흐르는 기도를 본다.

히말라야 여행을 소재로 한 또 다른 시에서 시인은 "야크 똥을 동글납작 빚"어 벽을 바르고, "바짝 마른 야크 똥으로 불을 지펴/ 야크 젖을 끓"(「히말라야에서」)이고, 야크 털과 가죽으로 옷을 만들어 입는 사람들을 만난다. 또한 과테말라의 오지인 토 퀴아 사람들의 삶에서는 "보이는 것, 잡히는 것, 닿는 것 모두 안개"인 풍경 속에서 일손 놓고 몽환에 드는 낯선 사람들의 세계를 경험한다. 이들의 삶은 시인에게 일종의 경전 같은, 혹은 "헛되다고 믿지 않는 것조차 아름다운"(「안개」) 삶의 새로운 경험을 안겨준다. 시인에게 낯선 오지로의 여행은 삶의 아름다움을 발견하는 일이고 자신의 욕심을 내려놓는 일이며 삶으로부터 얻은 몸과 마음의 상처를 치유하는 일이다.

여행지의 경험이 말해주듯, 양선희의 시에서 시인이 걸어가는 모든 길은 자연으로 통한다. 자연은 그녀의 시가 뿌리내린 대지이자 시적 상상력이 솟아오르는 젖줄이다. 시인이 노래하는 자연의 기쁨은 특히 봄이라는 계절이 전해주는 생의 움터 오르는 활기와 연관돼 있다. '봄날에 연애'라는 제목이 말해주듯 이 시집에는 봄과 관련된 심상들이 압도적으로 많다. 시집 곳곳에서 시인은 수시로 봄을 호명하고 봄이 주는 활력과 즐거움을 탐한다. 봄을 향한 사랑의 기운이 시집 전체에 흘러넘치는 것이다. 이 시집은 봄날에 연애를 하는 것이 아니라 봄날과 연애를 하고 있다고 말해야 할 정도다. 봄을 향한 시인의 열렬한 사랑을 들여다보기 위해 먼저 시집의 표제작인 「봄날의 연애」를 읽어보기로 하자.

봄을 타시나 봐요

당신도 타고 싶어요

사나운 꿈을 연명장치처럼 붙들고 산 날
흔들린다

그가 내 집을 물어뜯는다
구멍을 만든다

새순을 꿈꾸는 나
끄집어낸다

그가 나의 골 깊은 겨울을
벗기고, 씻긴다

내 몸 샅샅이

색들이 살아난다

봄 탄다

— 「봄날에 연애」 전문

　시인은 시의 첫 행과 둘째 행에서 일종의 펀pun 효과를 활용
해 봄을 타는 마음과 당신을 타고 싶은 욕망을 재치 있게 연결시
킨다. 시 속의 '그'는 사나운 꿈에 흔들리며 겨우 살아가던 시인
을 흔들며 집에 구멍을 만들고 시인을 집으로부터 끄집어낸다.
이 과정은 "그가 나의 골 깊은 겨울을/ 벗기고, 씻긴다"는 구절
과 더불어 성적인 행위를 연상케 하는 모습들로 표현된다. 시 속
에서 시인이 '그'라고 호명하는 존재, 그것이 봄이 아니고 무엇
이란 말인가? 봄이 나를 벗기고 씻긴 후 내 몸 안으로 들어오자
내 몸의 색들이 샅샅이 살아나기 시작한다. 이로써 마지막 행의
"봄 탄다"는 첫 행의 봄을 탄다는 말의 사전적 의미인 '봄철에 입
맛이 없고 몸이 나른하고 파리해지다'와는 완전히 다른 의미가
된다. 시의 장면들은 마치 가락을 타듯 봄에 올라타서 시인의 몸
이 봄과 하나 되어 흐르는 관능적 상태를 떠올리게 하는 것이다.
「봄날에 연애」는 이처럼 봄이 가져다주는 생의 환희를 관능의 이
미지에 빗대어 표현한 흥미로운 시라고 할 수 있다.

　이외에도 이 시집에는 봄과 관련된 이미지들이 다채롭게 펼
쳐진다. "봄은 힘이 장사지./ 턱을 쳐들고 가비얍게 우리 집 뼈
딱한 창을 열어젖힌다"(「봄」)와 "꽃나무 앞에 서서/ 칼바람, 우

박, 폭설이 떨구지 못한 꽃눈들 세어본다./ 꽃 피울 힘 어렴해 본다./ 햇살, 바람, 어둠, 고요한 시간 따져본다"(「고양이와 함께 한 산책」)에서 시인은 겨우내 닫혀 있던 창을 열어젖히는 봄의 힘과 겨울을 견디어낸 꽃들의 시간을 생각하고, "꽃의 생기로/ 그 사람과 나/ 찰랑댄다// 내 몸/ 꽃 천지"(「봄놀이」)와 "새와 나/ 겨울 벌드는 나무 아래/ 색에 홀린다.// 살, 맛 난다"(「겨울정원과 나」)에서는 봄의 생기 속에서 찰랑거리고 취하는 삶의 기쁨, 삶의 맛을 노래한다.

그렇다면 시인은 왜 이토록 봄이 주는 황홀한 도취의 순간을 갈망하는가? 그것은 "통증의 빈도가 잦아진"(「안마」) 몸, "몸을 괴롭히는 생각이 많은"(「자화상」) 마음들로 잠식된 삶 속으로 빛과 볕을 들이고 싶기 때문일 것이다. 그리하여 자신의 삶이 환한 빛으로 빛나기를 바라는 마음 때문일 것이다. 시인은 즐겁고 싶고 신나고 싶고, 그리하여 마침내 건강해지고 싶다. 시인은 관상용 꽃을 "죽음의 문턱까지 갔다 온"(「환호하다」) 자신의 몸 안으로 약처럼 밀어넣으며 자신의 몸과 마음이 봄꽃처럼 피어나기를 꿈꾼다. "대파 옮겨 심고/ 폴짝,/ 폴짝"(「경칩에」) 겨울잠에서 깬 개구리처럼 뛰어보고, "환해지자, 우리"(「봄의 수다」)라고 외치고, "새순의 호흡법 익혀야지"(「고독을 밀어붙이며」)라고 말하며, "고양이를 무릎에 앉히고/ 정원을 가꿀 계획을 털어놓는다./ 내 머리 속 정원이 우주만해"지는(「정원에서 놀다」) 시인의 마음속에는 생의 기쁨을 향한 욕망이 살아 숨쉬고 있다.

그러나 양선희에게 여행, 자연과 함께 삶에 가장 강력한 치유의 기운을 불어넣어주는 것은 아마도 시일 것이다. 자연과 여행을 꿈꾸고 봄을 노래하는 마음을 담아내는 시의 언어들이 없다면 시인 양선희도 존재하지 않을 테니 말이다. 그녀는 "나를 웃게, 환호하게, 심장을 뜨겁게, 노래를 입에 달고 살도록, 다시 태어나도 시인으로 살고 싶"다고(『시가 안 써지는 날』) 말한다. 그리고 세상의 모든 것이 시가 되는, 아니 세상 모든 것을 시로 읽을 수 있는 삶을 꿈꾼다.

시 백편 외우면 삶이 아름다워질 거라는 그의 말을 떠올리며 시를 읽는다. 눈으로 읽고, 소리 내어 읽고, 필사 하며 읽는다. 활활, 쏟아지는 활자의 활기, 활자와 활자 사이의 활기, 행간의 활기

밥상머리에서도 냇가에서도 시를 읽는다. 꼬여서 창백한 삶, 물이 오른다. 화색이 돈다.

시가 되어 있는 나무들, 시가 되어 있는 풀들, 시가 되어 있는 시냇물, 시가 되어 있는 구름들, 시가 되어 있는 바람들
— 「시를 읽는다」 부분

시 한편을 읽기 전과 읽은 후의 시간 사이에는 보이지는 않지만 분명 미세한 삶의 변화가 있을 것이다. 하물며 시 백편을 외우는 삶이야 말해 무엇하겠는가? 시인은 눈으로 읽고 소리 내어 읽고 필사하며 읽는 일로 자신의 삶속에 시를 영접한다. 시를 읽는 동안 시를 이루는 활자들은 살아 있는 생명체들처럼 시인에

게로 스며들어 시인의 삶을 활자들의 활기로 가득 채운다. 삶속으로 스며든 그 활기는 시인의 삶에 물이 오르게 하고 화색이 돌게 한다. 그러자 시인의 눈에는 시가 된 나무와 풀들, 구름들이 보이기 시작한다. 이것이야말로 시인이 음률을 타듯 시를 타는 상태가 아니겠는가? 그리하여 우리는 다시 시인이 나무의 옹이에 올라탔던 첫 번째 시로 돌아간다. 시인의 삶을 덮친 겨울이 인위적으로 갈라놓고 비틀어놓은 몸과 마음을 자연은 생명이라는 하나의 선율로 합친다. '탄다'라는 것은 바로 이러한 합침을 의미할 것이다. 갈라지고 상처 난 것들을 합치고 아물게 하는 것이야말로 자연이 가진 위대한 치유의 힘이 아닌가? 나무에 새겨진 옹이는 나무가 책상으로 바뀐 후에도 노래를 멈추지 않는다. 그것을 듣는 시인의 마음이 있기 때문이다. 시인은 그 책상에 앉아 시를 쓴다. 나무의 옹이가 보내오는 음률을 타고 앉아 그 음률을 자신의 시에 음악적으로 각인하는 법을 구하는 사람, 그가 바로 시인 양선희다.

양선희 시집

봄날에 연애

발　　행 2021년 7월 7일
지 은 이 양선희
펴 낸 이 반송림
편집디자인 김지호
펴 낸 곳 도서출판 지혜 · 계간시전문지 애지
기획위원 반경환 이형권
주　　소 34624 대전광역시 동구 태전로 57, 2층 도서출판 지혜 (삼성동)
전　　화 042-625-1140
팩　　스 042-627-1140
전자우편 ejisarang@hanmail.net
애지카페 cafe.daum.net/ejiliterature

ISBN : 979-11-5728-448-1 03810
값 10,000원

양선희

양선희 시인은 1960년 경남 함양에서 태어났고, 서울예술대학 문예창작과를 졸업했다. 1987년 계간 문예지 『문학과 비평』으로 등단했고, 1997년 《동아일보》 신춘문예에 시나리오가 당선되었다. 시집으로는 『일기를 구기다』(1991)와 『그 인연에 울다』(2001)가 있고, 장편 소설로는 『사랑할 수 있을 때 사랑하라』(1993)가 있고, 이명세 감독과 영화 〈첫사랑〉의 각본을 공동으로 집필했다. 감성 에세이로는 『엄마 냄새』(2010), 『힐링 커피』(2010), 『커피비경』(2014)이 있다.

양선희 시인의 세 번째 시집 『봄날에 연애』에서 모든 길은 자연으로 통한다. 자연은 그녀의 시가 뿌리내린 대지이자 시적 상상력이 솟아오르는 젖줄이다. 시인이 노래하는 자연의 기쁨은 특히 봄이라는 계절이 전해주는 생의 움터 오르는 활기와 연관돼 있다. 「봄날에 연애」라는 제목이 말해주듯 이 시집에는 봄과 관련된 심상들이 압도적으로 많다. 시집 곳곳에서 시인은 수시로 봄을 호명하고 봄이 주는 활력과 즐거움을 탐한다. 봄을 향한 사랑의 기운이 시집 전체에 흘러넘치는 것이다.

이메일: parangse30@hanmail.net